L. LEMERCIER DE NEUVILLE

THÉATRE DES PUPAZZI

LA FEMME DU MONDE

ET

L'AUVERGNAT

COMÉDIE EN UN ACTE ET EN PROSE

Représentée pour la première fois le 20 janvier 1876, au foyer de la salle Franklin à Bordeaux

PARIS

CHEZ L'AUTEUR, 22, RUE SAINT-PÉTERSBOURG

1876

PERSONNAGES

GRAJALARD, Maire de Saint-Cernin.

LA COMTESSE.

—

Au village de Saint-Cernin, en Auvergne, de nos jours.

LA FEMME DU MONDE

ET

L'AUVERGNAT

Un salon chez la Comtesse

SCÈNE I

LA COMTESSE (*seule*)

Je n'y suis pour personne, Berthe ! à moins cependant que le nouveau maire de St-Cernin ne vienne me faire une visite! Je veux le voir de près, ce Monsieur... comment donc? M. Grajalard! C'est un Auvergnat, très-riche, très-important et très ambitieux — Autrefois l'ambition excessive était un petit bout de ruban bien inoffensif, ça faisait bien à la boutonnière... aujourd'hui, le progrès a changé tout cela : la décoration affiche trop l'opinion, on a l'air d'en faire fi, on préfère une place honorifique; les honneurs municipaux tentent les parvenus... le mot est bien dur!... non! pas les parvenus, les arrivés !— Ce Monsieur Grajalard était, m'a-t-on dit, un homme du parti avancé ; il se remuait si bien pour les affaires de son pays, qu'il a fini par faire les siennes; je ne dis pas qu'il a fait celles des autres ! Je suis curieuse de savoir s'il a gardé ses fougueuses opinions d'autrefois (*On sonne*). On a sonné! — C'est lui probablement! Observons-le un instant sans qu'il s'en doute. (*elle sort.*)

SCÈNE II

GRAJALARD (*accent auvergnat*)

Ah! nous allons savoir un peu ce que c'est que cette Comtesse! — Veuve, indépendante, riche, titrée, cela ferait bien mon affaire à moi vieux garçon! Mais, le titre, les préventions, l'esprit de caste!... J'ai beau être maire, pour elle, c'est une mésalliance! — Cette femme doit avoir des idées arriérées! — La voici! — Jouons serré!

SCÈNE IV

GRAJALARD. — LA COMTESSE (*entrant*)
GRAJALARD

Madame la Comtesse, voulez-vous excuser l'audace d'un pauvre maire de village qui vient rendre visite à la première de ses administrées. La commune, vous le savez, Madame, est comme une famille et moi qui en suis le père, je crois qu'il est de bonne administration de connaître tous mes enfants.

LA COMTESSE

Monsieur, je suis très-flattée de votre visite; comme maire, et comme voisin, vous êtes le bienvenu chez moi.

GRAJALARD (*à part*)

Elle n'est pas fière! (*haut*) J'avoue, madame, que j'avais une certaine crainte en me présentant chez vous!

LA COMTESSE

Une crainte!... de moi?

GRAJALARD

Oh ! mais elle est complétement dissipée, maintenant,

LA COMTESSE

Mais enfin, Monsieur, cette crainte, d'où venait-elle ?

GRAJALARD

Voilà, madame, — vous êtes comtesse, vous avez, sans doute conservé les.... opinions...

LA COMTESSE

Allons! dites les préjugés!

GRAJALARD

Eh bien, soit! les préjugés de votre caste et je m'attendais à plus de....

LA COMTESSE

Plus de fierté ! de hauteur ! n'est-ce pas ? Mais, Monsieur, vous pensiez très mal ! Vous jugez mal, je le vois, une société, qui se mélange peu, il est vrai, mais qui n'a plus cette morgue qui la faisait respecter et, en même temps, détester autrefois!

GRAJALARD

Et cependant, Madame, puisque vous avouez que le siècle a changé, que les castes ne se distinguent plus, que la morgue a disparu ; pourquoi ne venez-vous pas à nous? — Vous seriez bien accueillie ! Vous feriez cesser un malentendu qui vous est préjudiciable ; car enfin les classes dirigeantes tendent à disparaître peu à peu devant les nouvelles couches sociales qui prennent leur place, sans grande opposition de votre part.

LA COMTESSE

Vous croyez donc que nous allons lutter?

GRAJALARD

Vous ne le pouvez plus !

LA COMTESSE

Vraiment! Mais ce serait une mauvaise tactique.

Si nous étions vaincus, le mal serait irrémédiable,
tandis qu'en feignant de céder

GRAJALARD

Ah ! vous ne feignez pas, vous cédez bien !

LA COMTESSE

Allons ! C'est du dernier galant !

GRAJALARD (*étonné*)

Mais, Madame ! Nous parlons politique.

LA COMTESSE

En êtes-vous sûr ? — Et puis est-ce bien nécessaire ?
On peut se connaître et s'estimer sans cela.

GRAJALARD

Vous croyez ?

LA COMTESSE

J'en suis sûre ! — Qu'est-ce que la politique ? L'in-
térêt des autres ! Comme Maire, je comprends que vous
vous en occupiez. — Alors, je vais vous répondre :
La commune de Saint-Cernin peut compter sur
moi pour la dotation d'une rosière, l'entretien d'une
douzaine de familles pauvres et une cinquantaine de
livres par mois, sans compter mes charités particu-
lières.

GRAJALARD

Mais à vous seule, vous faites plus que la commune
entière.

LA COMTESSE

Voila ma politique à moi ! Vous convient-elle ?

GRAJALARD

Sans doute! Sans doute ! Mais....

LA COMTESSE

Il y manque quelque chose n'est-ce pas ?

GRAJALARD

Je ne dis pas !

LA COMTESSE

Si, avouez-le, il est facheux, n'est-ce pas, que la donatrice ait une si détestable opinion...

GRAJALARD

Oh ! Madame ! Mais c'est un cadeau princier !

LA COMTESSE

Qu'ai-je entendu ? Un cadeau ! Princier !... Quoi ? vous vous servez de ce mot détesté qui signifie : Tyrannie, Abus ! Égoïsme ! — Est-ce qu'en charité le mot n'a pas la même signification qu'en politique ? — Mais, prenez garde, Monsieur, si vous ne surveillez pas plus les expressions de votre reconnaissance, on vous fera un mauvais parti .. dans le vôtre.

GRAJALARD

Madame ! Vraiment je ne suis pas de force, épargnez-moi !

LA COMTESSE

Epargnez-moi ! c'est le voisin qui parle n'est-ce pas ?

GRAJALARD

C'est le voisin ! c'est l'homme ! c'est le maire ! je ne sais pas, Madame, mais je sais que vous êtes une enchanteresse et que si dans notre parti, comme vous dites, nous avions des femmes comme vous, nous n'aurions plus besoin de lutter; la cause serait gagnée !

LA COMTESSE

C'est un demi-aveu; Je vous en sais gré ! Ne causons plus de toutes ces vilaines choses là. Vous êtes marié, Monsieur Grajalard?

GRAJALARD

Non, Madame, je suis célibataire encore.

GRAJALARD

C'est convenu et que parions-nous ?

LA COMTESSE

Oh ! il faut un enjeu sérieux. Quelque chose qui soit un véritable sacrifice : vous tenez à rester garçon, je parie votre célibat !

GRAJALARD

Contre le vôtre, alors ?

LA COMTESSE

Hum ! c'est beaucoup ! enfin, c'est convenu ! mais il faut que cela aille vite, je n'aime point les lenteurs ! Faites-moi la grâce de partager mon dîner et, ce soir, en prenant le thé, l'un de nous deux aura... gagné.

GRAJALARD

Ou perdu ! .. Bravo !

LA COMTESSE

Permettez-moi de m'absenter un instant ; j'ai quelques ordres à donner ! — Songez bien, Monsieur, que le pari tient à partir de ce moment (*elle sort*).

SCÈNE III

GRAJALARD (*seul*)

Parbleu ! Ça ne va pas être difficile.... Voyons, raisonnons un peu ! Si je gagne, elle se marie, mais nous n'avons pas dit avec qui ? — si c'est elle, au contraire, je me marie... mais je ne suis pas sûr que ce soit avec elle. Tout cela a été mal expliqué ! — Bah ! on ne fait pas de semblables paris sans avoir pris son parti de part et d'autre. Mais des concessions ? moi ? jamais ! concessions politiques surtout.

SCÈNE IV.

GRAJALARD. — LA COMTESSE (*rentrant avec un paquet de vêtements.*)

LA COMTESSE

Vous réfléchissez? Il y a de quoi! Voyons, ne prenez pas un air aussi morose. Vous n'avez pas encore perdu?

GRAJALARD

Et je ne perdrai pas, j'en suis sûr!

LA COMTESSE

En attendant, voici le petit paquet de hardes que j'ai préparé pour vos pauvres.

GRAJALARD

Vous pensez à tout! (*à part*) Ah! une idée! (*Haut*). Madame la comtesse, ce cadeau arrive juste à point pour ces pauvres gens! Dimanche c'est la fête du village, on va danser la bourrée sous les chataigniers de la grande place. C'est la danse du pays! Les autorités sont obligées d'ouvrir le bal et comme je suis garçon, c'est la femme de l'adjoint qui danse la première bourrée avec un pauvre diable du pays....

LA COMTESSE

Quel dommage que je ne sache pas la bourrée, j'ouvrirais le bal!

GRAJALARD

Vous? — Oh! vous n'oseriez pas!

LA COMTESSE

Si fait! mais si vous la savez, voulez-vous me l'apprendre.

GRAJALARD

Avec plaisir! Comment vous voulez...

LA COMTESSE

Pourquoi pas! Je ne suis pas fière, allons! Monsieur le professeur, instruisez moi.

(*Ils dansent la bourrée.*)

GRAJALARD

Et puis quand ce sera fini, il faudra vous laisser embrasser.

LA COMTESSE

Eh bien, embrassez-moi !

GRAJALARD

Quoi ! vous permettez

LA COMTESSE

Parbleu ! mais dépêchez-vous donc ! le pauvre diable qui sera mon cavalier n'y fera pas tant de façons !

GRAJALARD (*l'embrassant*)

(*à part*) Hum ! une peau douce ! — Et ça sent bon !

LA COMTESSE

Et où se tient cette danse ?

GRAJALARD

Sous les châtaigniers de la grande place de Saint-Cernin, devant le château.

LA COMTESSE

Le château ? — Comment ! — Quel château ?

GRAJALARD

Vous n'êtes donc pas venue au village depuis longtemps ? voilà qui est mal ! j'ai fait construire un très-joli château devant l'ancien parc que j'ai acheté. Il y a des fossés, des ponts-levis, des tourelles et mêmes des créneaux, c'est du pur Moyen-Age !

LA COMTESSE

En vérité ! — Mais je n'en savais rien ! il faudra voir

cela ! et qu'elle est votre devise ? car tout château
exige une devise et des armes. Je parie que vous n'y
avez pas pensé ?

GRAJALARD

Voilà qui vous trompe ! comme je suis l'auteur de
ma fortune, j'ai pris cette devise : « *Tout par moi !* »

LA COMTESSE

Elle est fière ! c'est bien ! c'est digne ! c'est juste !

GRAJALARD

Vous trouvez que j'ai bien fait ?

LA COMTESSE

Parfaitement ! — et vos armes ?

GRAJALARD

C'était plus difficile ! comme ma fortune s'est faite
dans la charcuterie, j'ai dessiné des armes parlantes
qui d'ailleurs rappellent mon nom ! et sur champ de
sinople, j'ai mis trois petits sangliers civilisés excessi-
vement dodus ! — vous comprenez : Gras.. ja.. lard...,
— mon nom !

LA COMTESSE

Comment ? Ah ! Gras à lard ! j'y suis (*elle rit*) Oh !
très drôle ! très-drôle ! très bien trouvé.

GRAJALARD

N'est-ce pas ? toutes les portes du château sont écus-
sonnées de cette façon, ainsi que mon papier à lettres,
mon linge, mes harnais, mes voitures, etc....

LA COMTESSE

Ah ! bravo ! voilà qui est bien entendu ! Eh bien, si
vous le permettez, je rendrai une visite au château
de Grajalard.

GRAJALARD

Avec plaisir, Madame la Comtesse ; mais je n'ai pas
voulu donner mon nom au château, comme j'ai dans le
pays des parents éloignés du même nom, et qui sont
dans une position... qui n'est pas la mienne,... pour
éviter la confusion, j'ai nommé mon habitation : Château de Saint-Cernin et, quand on m'écrit, on met géné-
ralement : Monsieur Grajalard de Saint-Cernin

LA COMTESSE

On mettrait : M. de Saint-Cernin tout court, les
lettres arriveraient tout de même.

GRAJALARD

Oui ! oui, tout de même ! On sait que c'est moi !

LA COMTESSE

A votre place, je ferais régulariser cela par la chan-
cellerie.

GRAJALARD

Comment cela ?

LA COMTESSE

Parfaitement ! cela coûte un peu d'argent, mais on
est dans son droit et personne ne peut rien vous dire.

GRAJALARD

Eh bien, j'y songerai ! c'est une idée !

LA COMTESSE

Et une bonne ! allez ! car maintenant que vous allez
faire souche, vous donnerez une petite particule à vos
descendants.

GRAJALARD

Comment ! Madame !

LA COMTESSE

Eh ! sans doute ! N'allez-vous pas vous marier ? N'avez-vous pas perdu votre pari ?

GRAJALARD

Mon pari ! mais permettez ! permettez !

LA COMTESSE

Ah ! soyez de bonne foi ! Comment ! vous venez de
m'avouer que vous aviez château, pont-levis, tourelles,
créneaux, devise, armes, et que vous allez acheter la
particule, mais c'est tout à-fait *classe dirigeante*, cela !
c'est même mieux ! c'est classe supérieure ! c'est de
l'aristocratie au premier chef ! vos amis vous renieront ;
ils vous ont peut-être déjà renié. — Tenez ! je vais plus
loin ! je parie encore une chose : vous vous êtes fait
nommer Maire., pour être décoré !

GRAJALARD

Oh ! madame !.., je ne parie pas !

LA COMTESSE

Vous avez raison ! Vous perdriez !

GRAJALARD (*étourdiment*)

Vous avez-vu la demande ?

LA COMTESSE (*riant*)

Ah ! Ah ! Ah ! Qu'est-ce que je disais ?— Eh bien, il va
falloir vous marier, car vous avez perdu.

GRAJALARD

Oui, Madame, je l'avoue, maintenant. Oui je me
marierai, — mais avec qui ?

LA COMTESSE

Ah ! ce n'est pas avec moi, j'ai gagné.

GRAJALARD

Pardon, madame, mais la journée n'est pas finie, et
d'ici ce soir, je puis prendre ma revanche.

LA COMTESSE

Eh bien, essayez !

UN DOMESTIQUE (*dans la coulisse*)

Madame la Comtesse est servie !

Grajalard offre sa main à la Comtesse.

LA COMTESSE

C'est peut-être la première fois qu'on voit les *Couches Sociales* donner la main aux *Classes Dirigeantes !*

(*Ils sortent.*)

Bordeaux. — Imp. E. Pellerin, rue Porte-Dijeaux, 91